唯一的寶貝

The Only Child

唯一的寶貝

The Only Child

作者／郭婧

感謝

我很感激我的父母，他們支持我、協助我回想起兒時的記憶以完成這本書。另外，感謝阿瑟頓及李韋德的幫忙和意見。最後，特別鳴謝拉朱·喬杜里，他給了我很多的鼓勵、提議和支持。如果沒有你們，我是無法完成此書的。

作者 / 郭婧

主編 / 胡琇雅　　協力編輯 / 王昊天　　美術編輯 / XiXi

董事長、總經理 / 趙政岷

出版者、製造商 / 時報文化出版企業股份有限公司

10803台北市和平西路三段240號七樓

發行專線 /（02）2306-6842

讀者服務專線 / 0800-231-705、（02）2304-7103

讀者服務傳真 /（02）2304-6858

郵撥 / 1934-4724時報文化出版公司

信箱 / 台北郵政79~99信箱

統一編號 / 01405937

copyright© 2016 by China Times Publishing Company

時報悅讀網 / www.readingtimes.com.tw

電子郵件信箱 / ctliving@readingtimes.com.tw

法律顧問 / 理律法律事務所陳長文律師、李念祖律師

Printed in Taiwan

初版一刷 / 2016年8月

行政院新聞局局版北市業字第八〇號

版權所有翻印必究（若有破損，請寄回更換）

採環保大豆油墨印製

獻給

鼓勵我去追逐夢想的
母親和拉朱·喬杜里

作者的話

　　雖然這是個充滿幻想的故事，但也強烈且真實的反映出我在1980年代經歷中國落實一胎化政策時的孤獨和寂寞。

　　我年幼時，父母均需出外工作，所以在這些日子裡，都是由祖母照顧我。但有些時候，父母忙於工作、祖母也在忙碌，他們便會把我獨自留在家中。當時，這樣的情況也常常發生在其他家庭，所以我是生於那孤單時代的其中一個孩子。

　　我六歲那年，有一次，爸爸送我去搭開往祖母家的巴士，等他工作完了再接我回家。我上車以後睡著了，醒來時發現車上已經空無一人，我驚慌得趕緊下車，但我身邊沒有任何人可以幫我，只能自己無助的一邊哭，一邊沿著巴士的電纜走。幸運的，在三個小時之後，我終於找到認識的路，回到外婆家。

　　我愈長大，愈發現我很容易迷失在人生的道路上，但其實只要我看得夠仔細，便能察覺到在迷途上仍有很多正確的路途可以走，就像那條巴士電纜，引領著我回家。

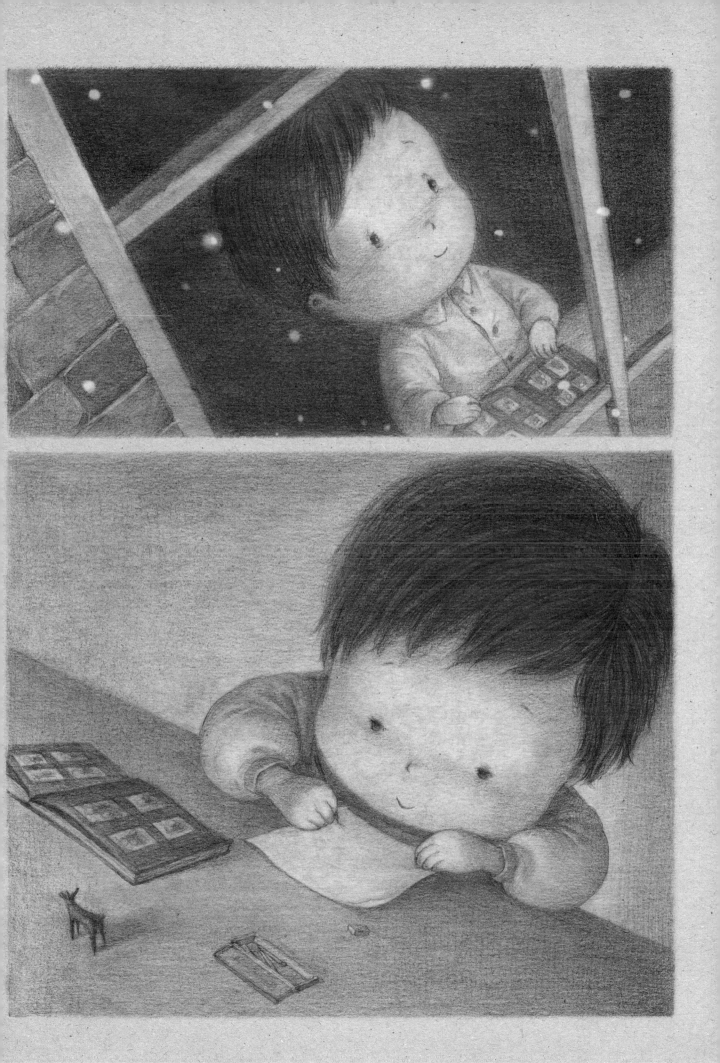

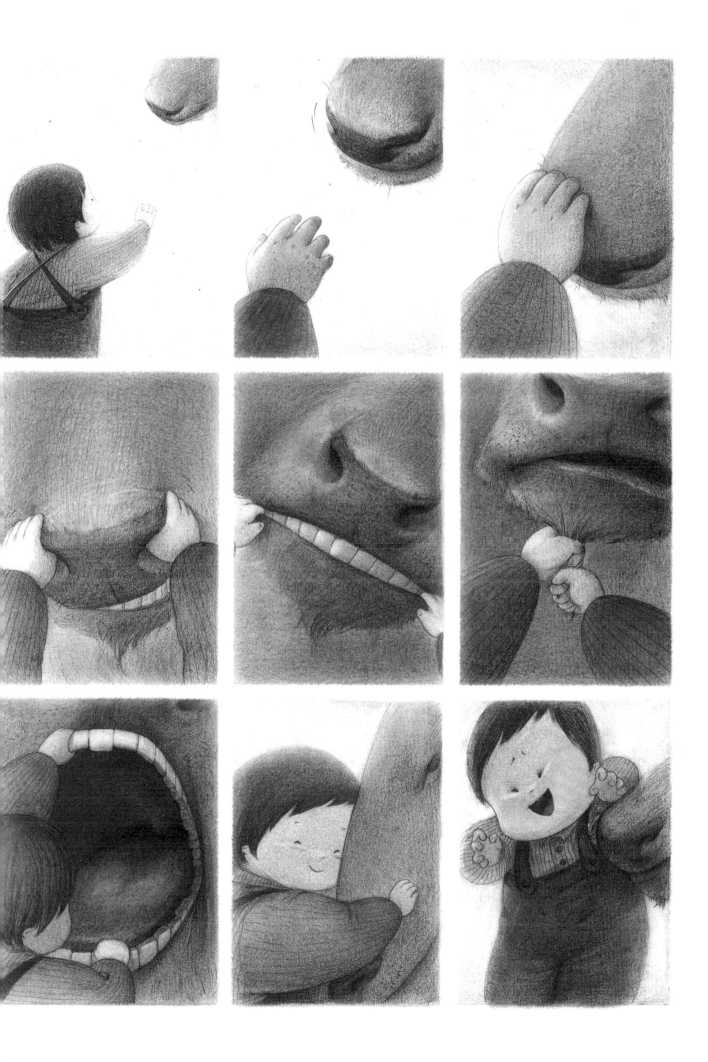

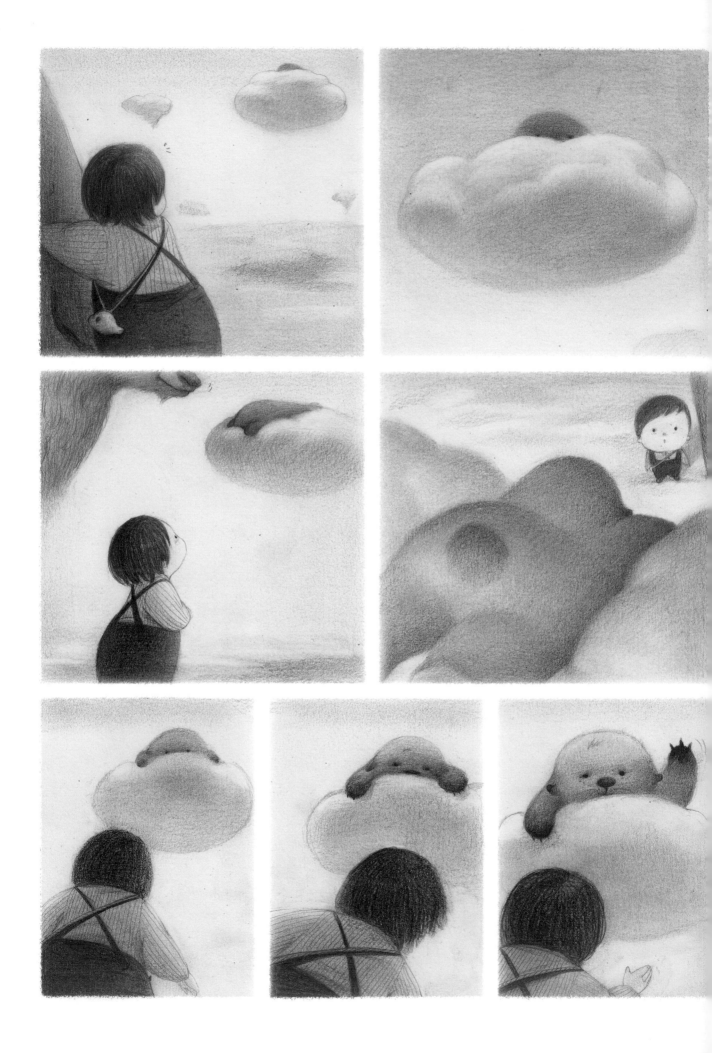

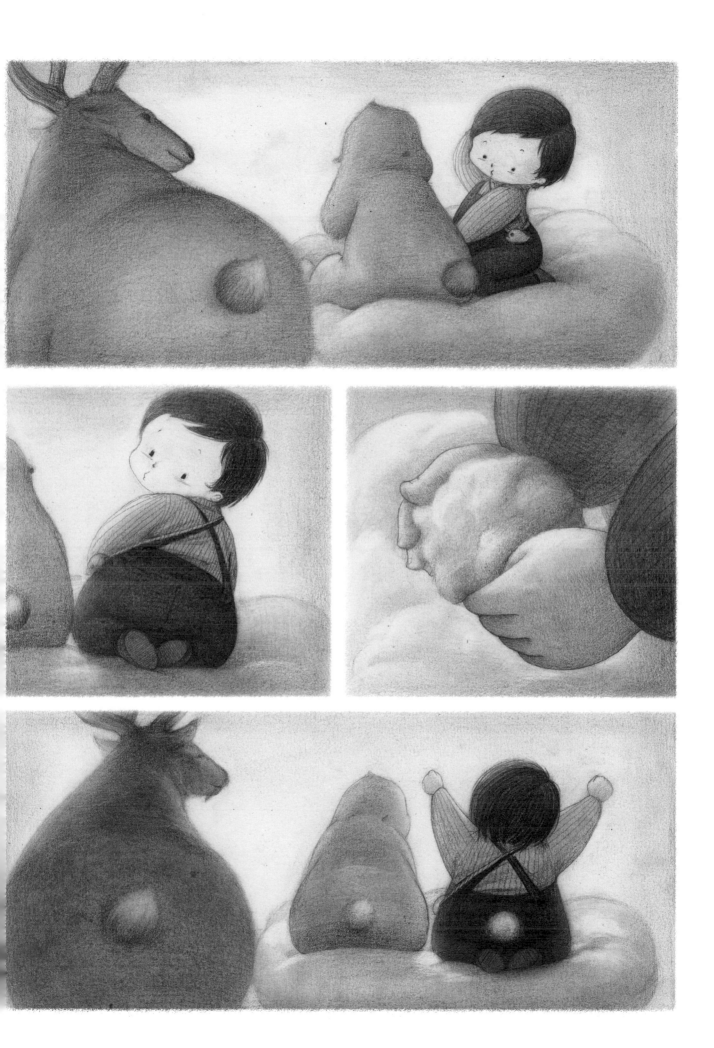

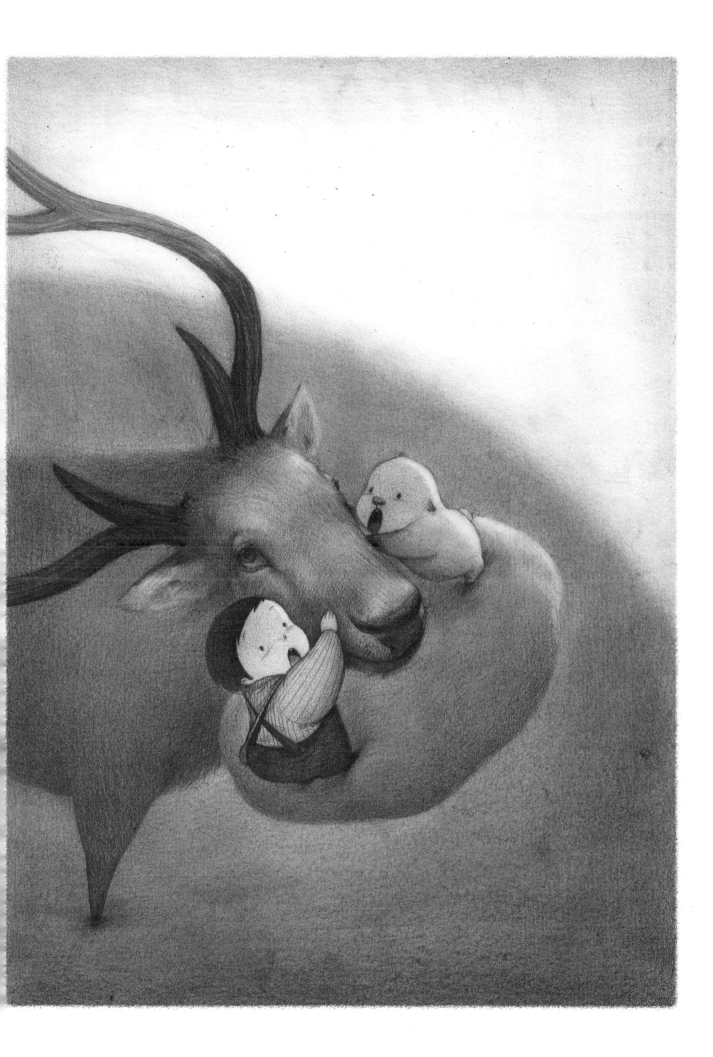

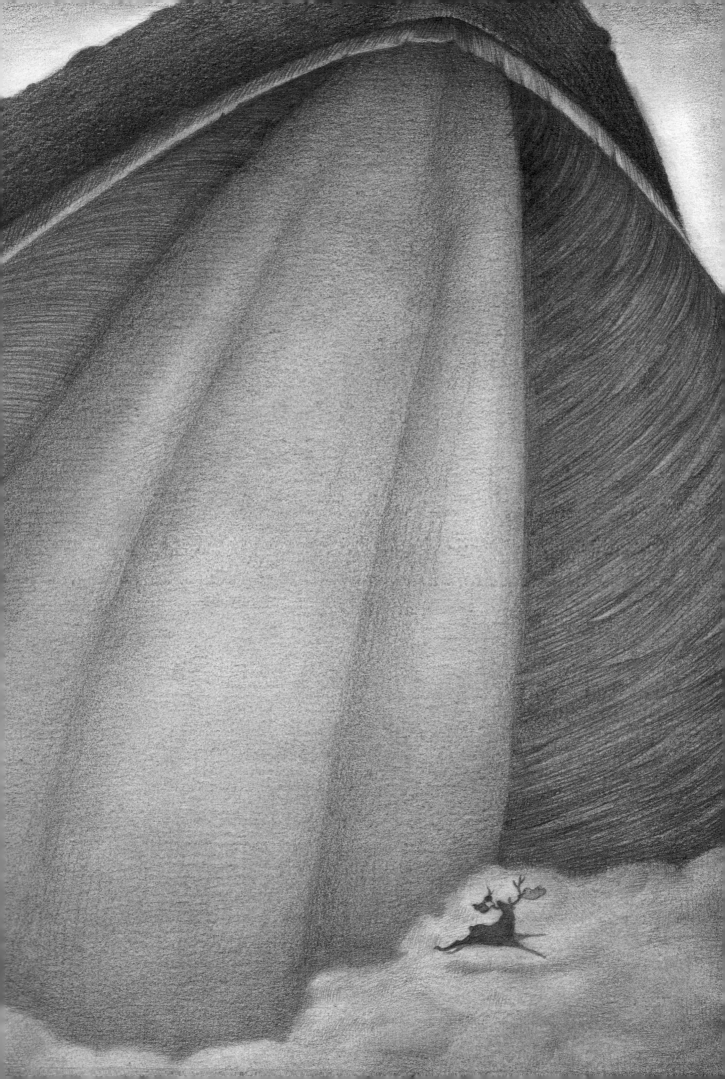

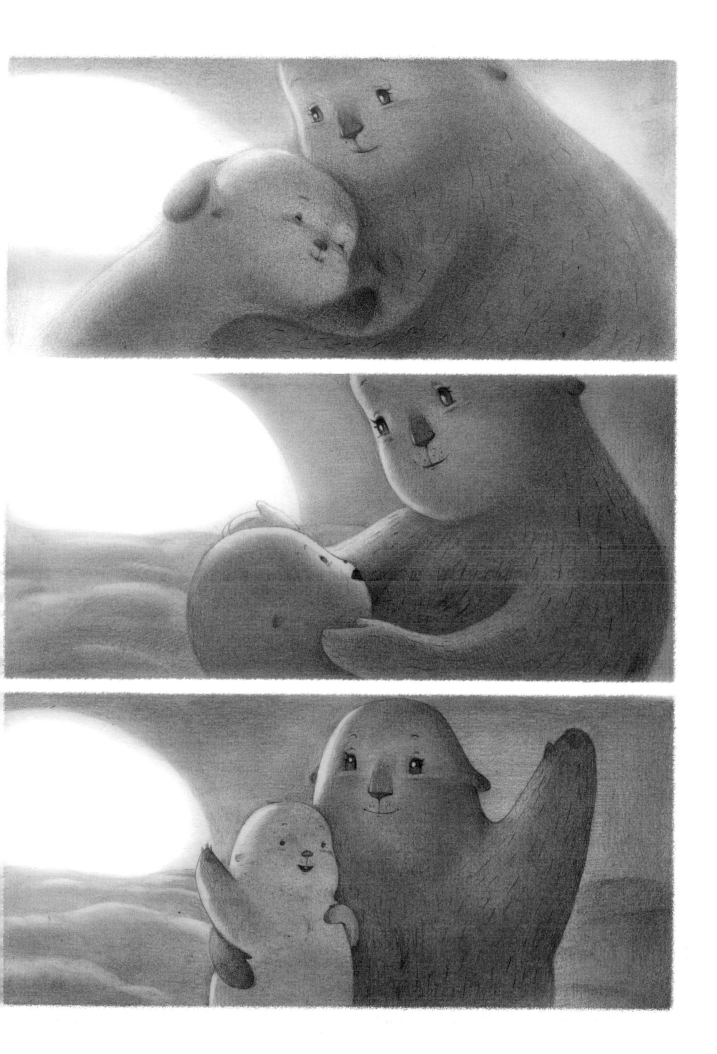

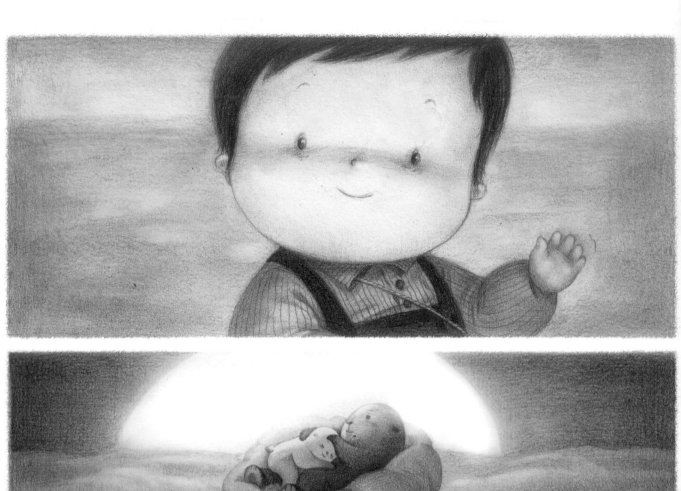

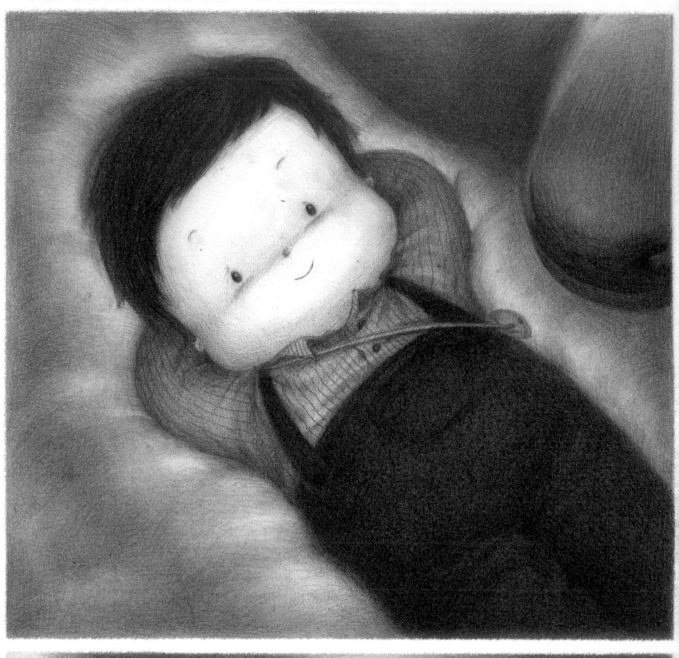

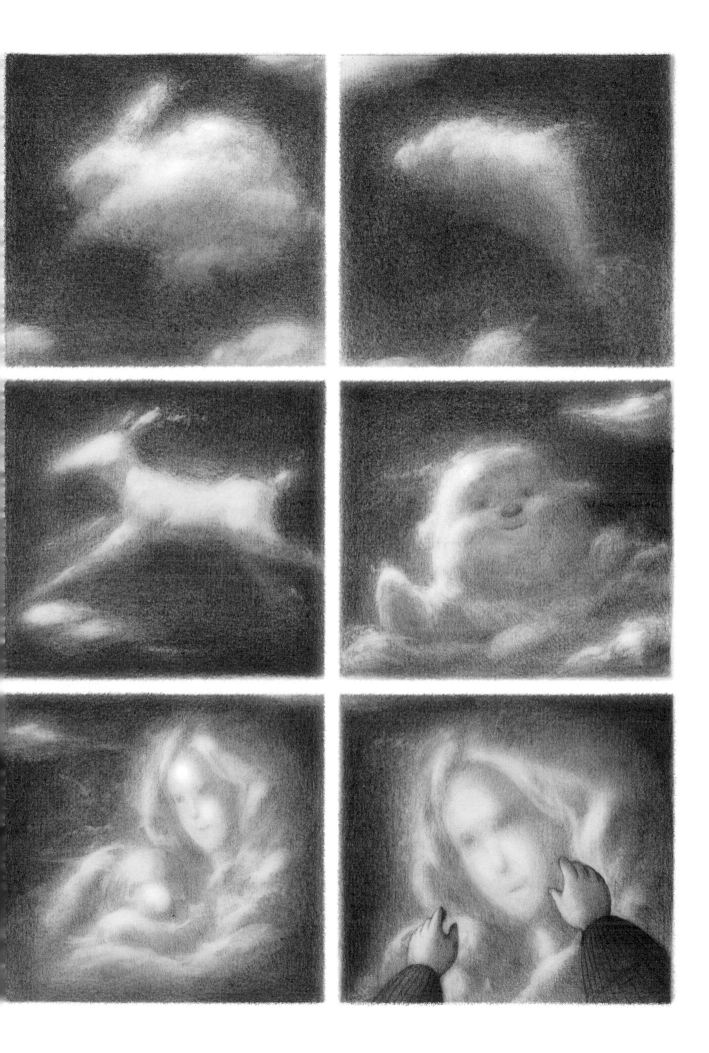

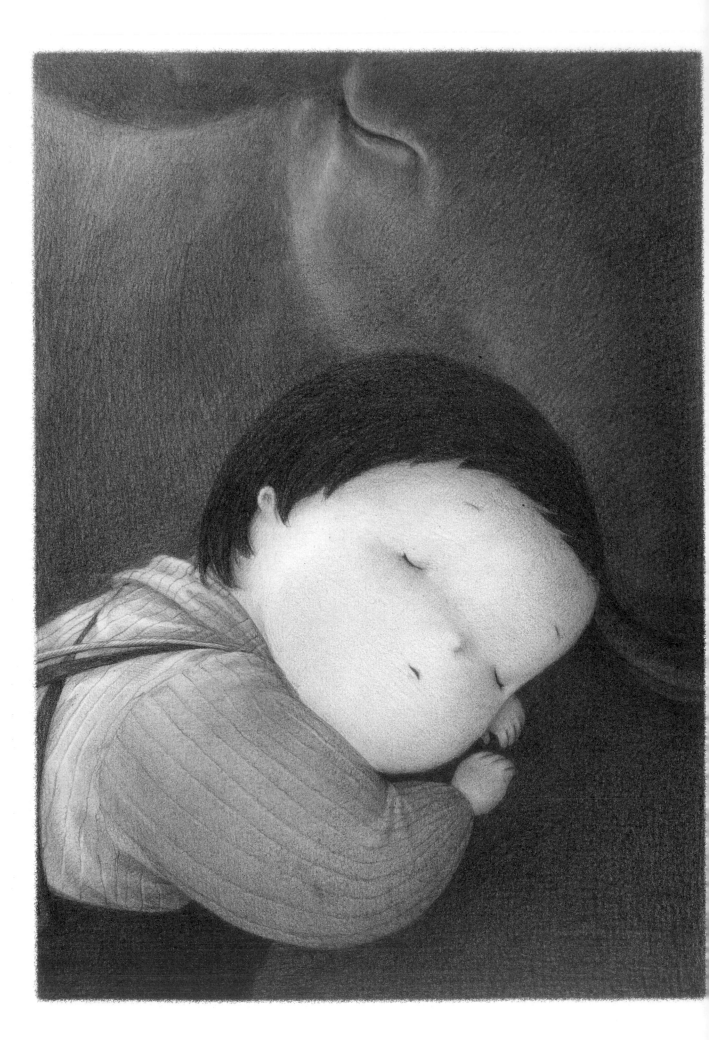

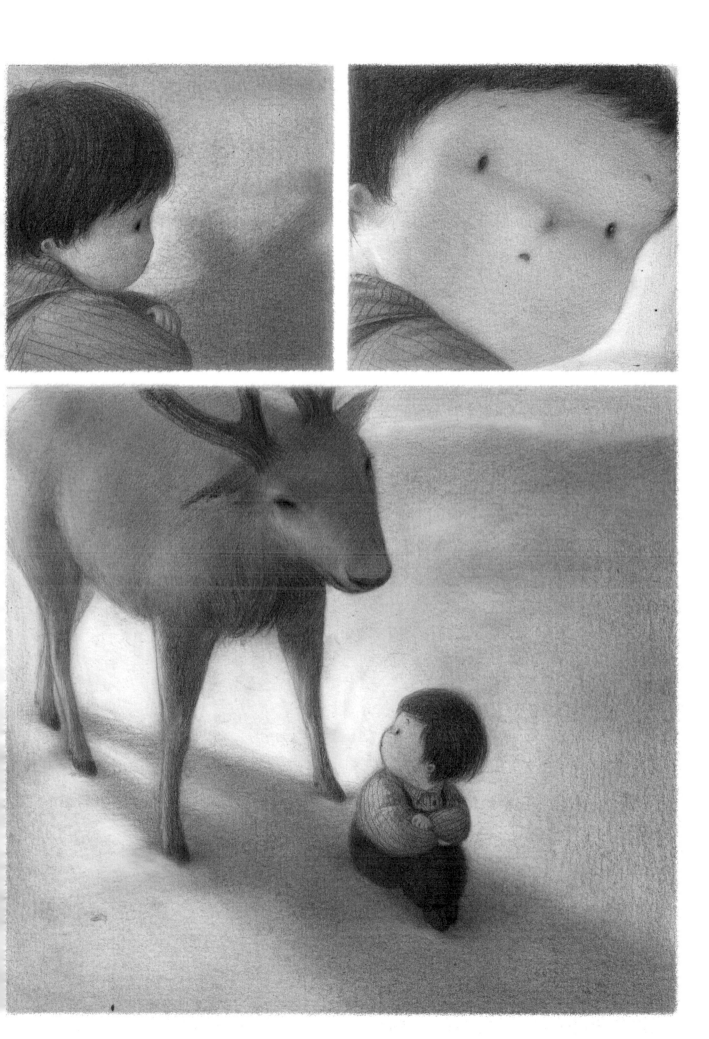

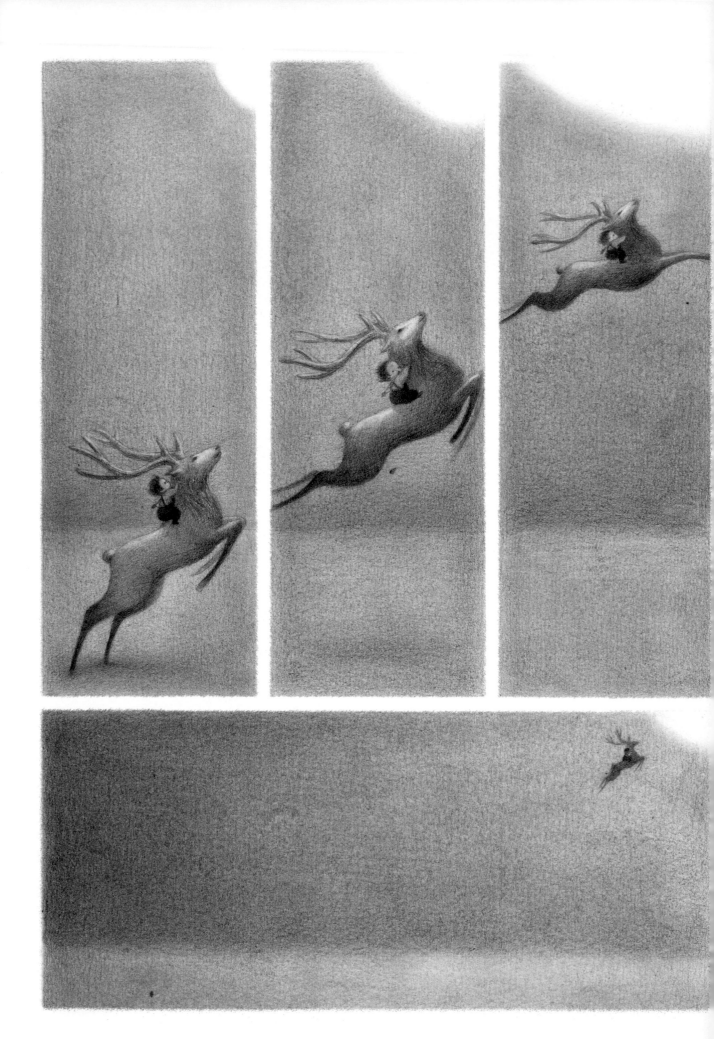

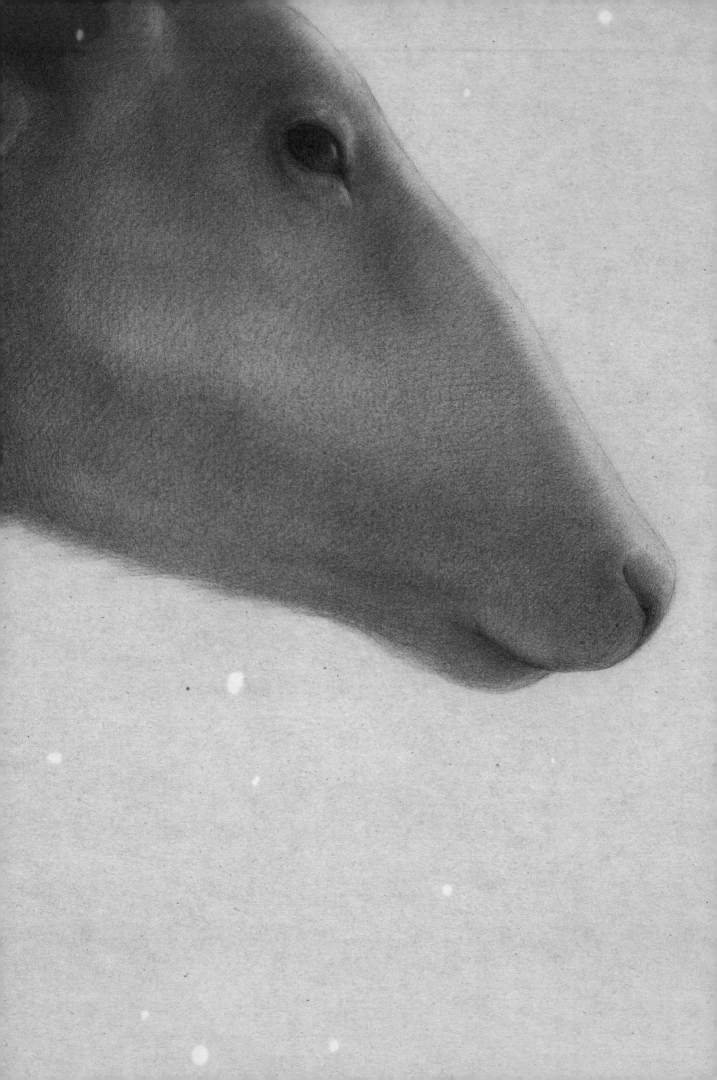

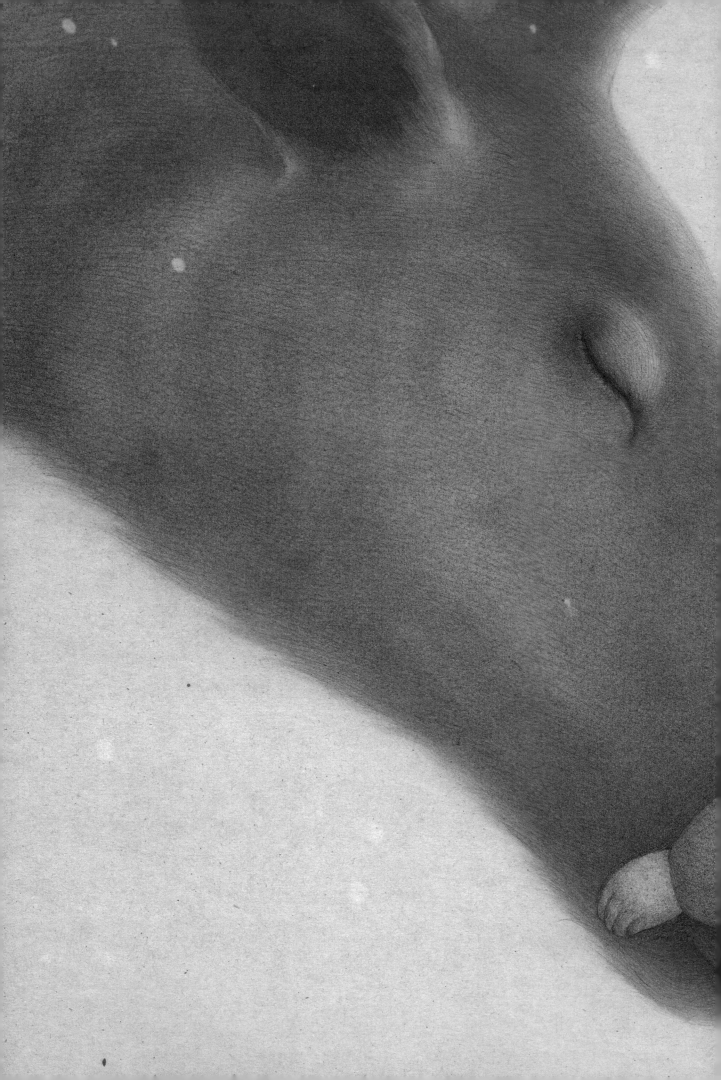

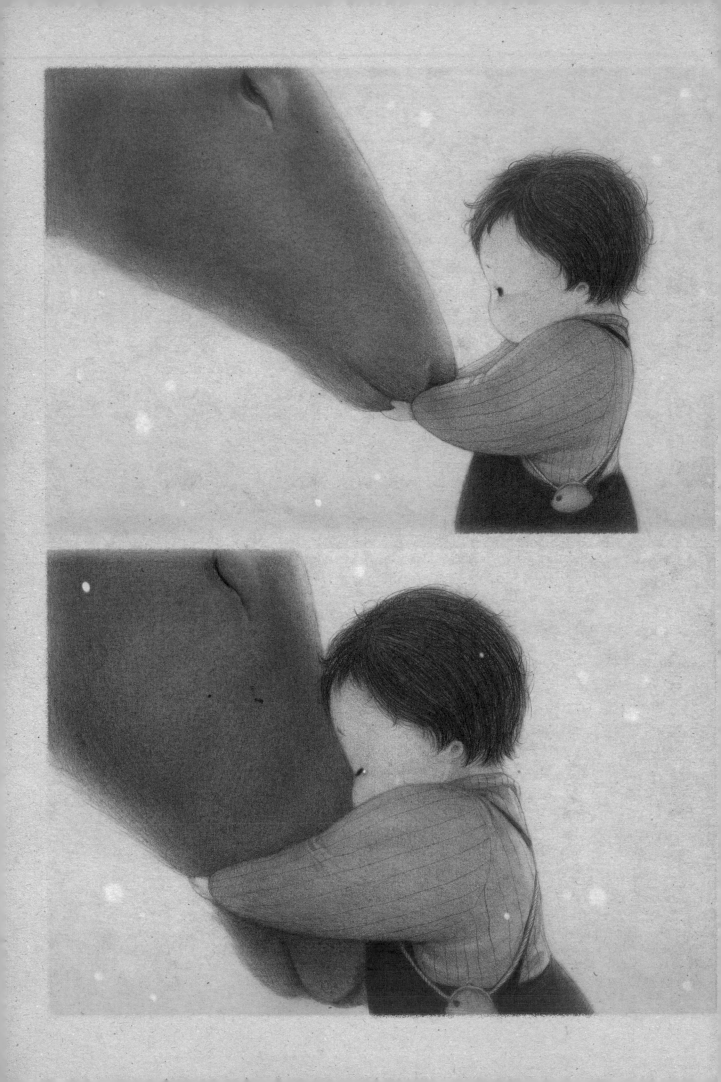

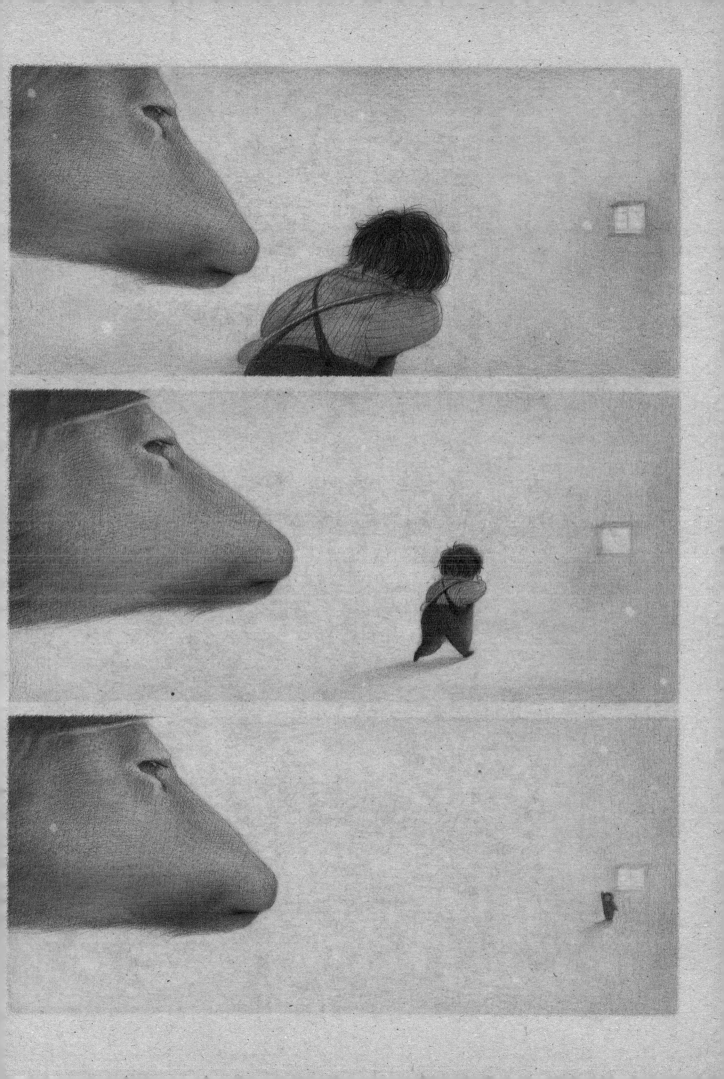

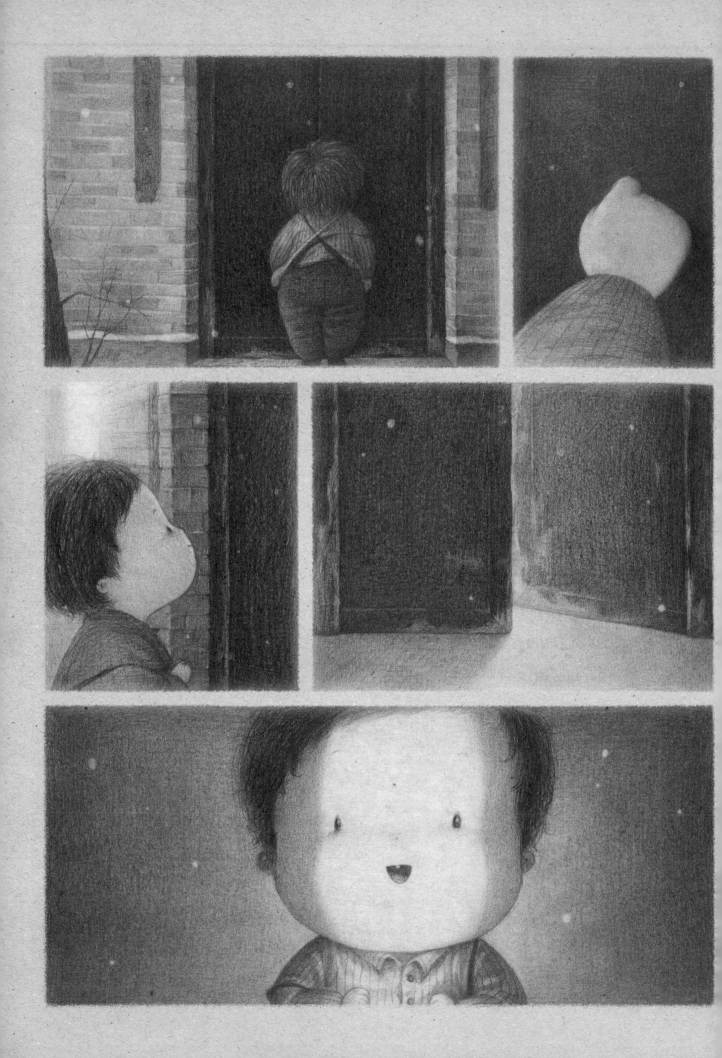

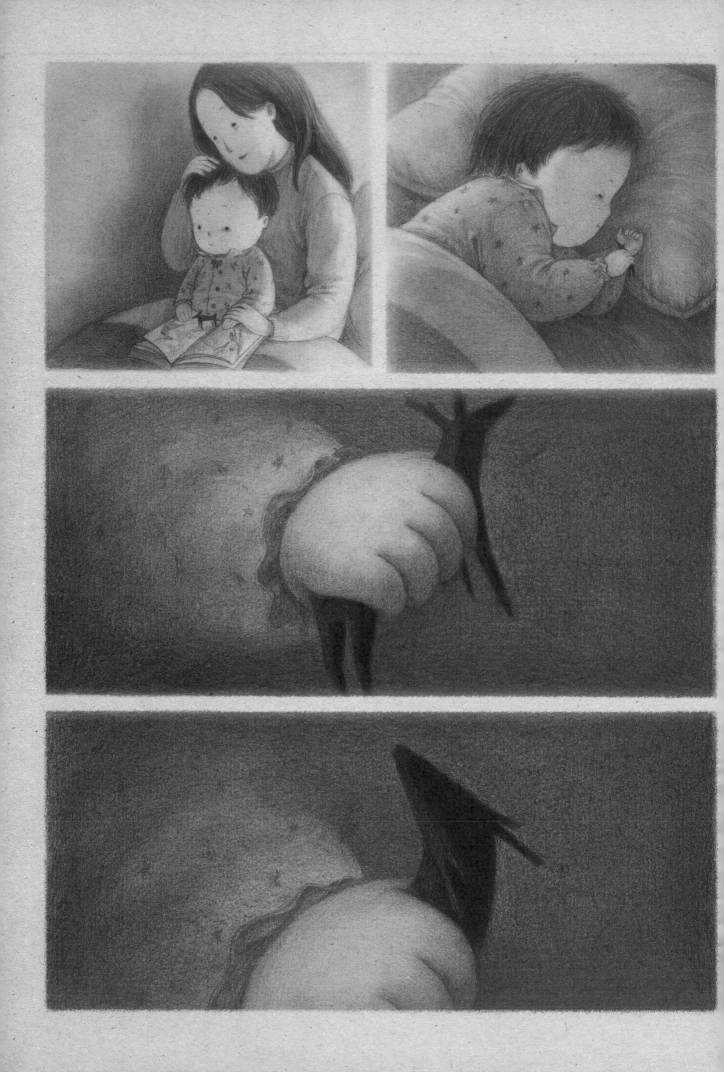